Frank Friedrichs

Leselöwen
Steinzeitgeschichten

Zeichnungen von Heribert Schulmeyer

Loewe

Der Umwelt zuliebe ist dieses Buch
auf chlorfrei gebleichtem Papier gedruckt.

ISBN 978-3-7855-4661-1
1. Auflage 2007

Umschlagillustration: Heribert Schulmeyer
Reihenlogo: Angelika Stubner
Printed in Germany (017)

www.loewe-verlag.de

Inhalt

Ferien in der Steinzeit

Noch zwei Minuten, dann kommt der Schulbus. Das wird knapp! Kevin schnappt sich seinen Rucksack und rennt los. Warum muss die Schule bloß so früh anfangen? Der erste Tag nach den Ferien ist immer der schlimmste.

Auf dem Weg zur Bushaltestelle grübelt er: Was soll er bloß über die Ferien erzählen? Es wurde ja nichts aus dem Wasserskilaufen, obwohl er sich so darauf gefreut hatte. Und Pascal, der Angeber, ist bestimmt wieder im Cluburlaub gewesen, mit Wasserski kostenlos.

An der Haltestelle warten schon Johannes und Dominik.

„Hi, Kevin! Na, wie sieht's aus? Alles klar?"

Kevin nickt. Vielleicht fragen sie ja nicht.

„Und wie waren deine Ferien?" Sie fragen doch.

„Och, ganz ok", murmelt Kevin.

„Wie ok? Mehr nicht?“, drängt Johannes ungeduldig.

„Wo wart ihr denn?“, will Dominik wissen.

„Ach, in Frankreich, auf so einer Halbinsel im Norden.“

„Echt? Da wart ihr bestimmt viel am Meer, oder? Und bist du Wasserski gelaufen?“ Johannes’ Augen glänzen.

Kevin druckst herum. Endlich kommt der Bus.

„Na ja, Meer schon. Aber Wasserski nicht.“

„Wie?“ Johannes und Dominik sehen ihn enttäuscht an. Grübelnd steigt Kevin in den Bus. Er will doch auch mal mit coolen Ferien prahlen.

Da kommt ihm eine Idee! Er wird einfach von den anderen tollen Erlebnissen erzählen.

„Kein Wasserski, aber Steinzeit!“, ruft Kevin.

Dominik runzelt gespannt die Stirn. „Steinzeit? Wie das denn?“

„Na, die haben da früher irre Sachen aus Steinen gebaut“, sagt Kevin. „Da gibt es riesige Steinreihen, jeder Stein war so groß wie ich. Und megalang waren die Reihen, wir sind gelaufen und gelaufen!“

Johannes ist verblüfft. „Was? Steinreihen?“

„Ja, wie die Lichter auf dem Flughafen. Ganz gerade, alle zeigen in eine Richtung. Als wenn ein Flugzeug drauf landen soll.“

Kevin macht eine Pause und flüstert dann: „Oder ein Raumschiff!“

Die beiden Jungen halten den Atem an. Dann pfeift Dominik leise durch die Zähne.

„Wahnsinn! Ein Raumschiff in der Steinzeit?"

Kevin nickt.

„Steht in Mamas Reiseführer! Und einmal waren wir in einem Steingrab. Das sah aus wie ein riesiger Tisch. So groß wie dieser Bus. Aber ganz aus Felsen. Da passten wir alle drunter: Papa, Mama, ich, Nele und Timo. Und ich kann euch sagen, der Stein über uns, der war so dick und schwer – wenn der runtergefallen wäre, wären wir alle Brei gewesen!"

Johannes stand der Mund offen. „Boah! Cool! Wer hat das denn gebaut?“

„Das weiß keiner so genau. Vielleicht Außerirdische! Aber das ist noch gar nichts! Wann anders sind wir in einem richtig großen Grabhügel gewesen, größer als unsere Turnhalle.“

„Das gibt’s ja gar nicht!“, ruft Johannes.

„Doch! Der war ganz mit Gras bewachsen, und drinnen waren ganz enge Gänge. Und voll stickig war das. Und dann ist plötzlich das Licht ausgegangen, und es war total finster. Bis Papa sein Feuerzeug angemacht hat und uns ganz langsam wieder herausgeführt hat.“

Jetzt sagen Dominik und Johannes gar nichts mehr. Sie stehen stumm da und beneiden Kevin um seine Abenteuer.

Da hält der Bus auch schon, und die drei stürmen mit den anderen hinaus. Vor der Schule scharen sich schon ein paar Jungen um Pascal, den Angeber. Der prahlt lauthals mit seinem Wasserskikurs. Bis er Kevin entdeckt.

„Na Kleiner, bist du jetzt endlich auch mal Wasserski gelaufen?“

Breit grinsend kommt er auf Kevin zu.
„Pff! Wasserski ist doch voll öde!“, brummt Dominik verächtlich. „Kevin war in den Ferien in der Steinzeit. DAS ist cool!“
„Echt? Unglaublich! Los, erzähl! Mann!“ Die anderen Jungen überschlagen sich fast. Sie laufen hinter Kevin her und fragen ihn aus. Endlich hat Kevin mal die coolsten Ferien gehabt. Und da schaut Pascal, der alte Angeber, ganz schön dumm aus der Wäsche!

Höhlenzauber

Tiwi wunderte sich. Schon lange lief sie hinter dem Fremden her. Der bückte sich immer wieder und hob Erdklumpen auf, mal einen gelben, mal einen braunen. Und vorhin an der Feuerstelle hatte er Kohlenstücke in einen großen Fellsack gefüllt. Was hatte er nur vor?

Jetzt saß der Fremde vor einer großen Steinplatte. Er leerte den Fellsack und sortierte die Klumpen. Tiwi reckte sich hinter den Büschen hervor um zuzusehen. Plötzlich brach ein Zweig, und sie fiel zu Boden. Der Fremde sah sich um. Doch Tiwi war im Gestrüpp verborgen, er konnte sie nicht sehen. Also arbeitete er weiter.

Der Mann schob ein paar Erdklumpen zusammen und zerrieb sie mit einem Stein. Nach ein paar Minuten schob er das Pulver beiseite und zerrieb einen anderen Haufen. Er brauchte eine Weile dafür, schließlich war er schon alt, und das

Reiben mit einem schweren Stein war anstrengend.

Als der Fremde fertig war, füllte er die Pulver in lauter kleine Lederbeutel und machte sich wieder auf den Weg. Tiwi folgte ihm, sie wollte ja sehen, was er vorhatte. Dreck sammeln und klein reiben – wozu sollte das bloß gut sein?

Staunend merkte Tiwi, dass sie sich einem fremden Lager näherten. Sie hörte lautes Lachen und Jubelrufe. Und dann sah sie: Der ganze Stamm feierte ein großes Fest.

Als der alte Mann zu ihnen trat, wurden alle still. Sogar Tiwi hielt den Atem an. Sie sah, wie der Alte in die Hocke ging und seine Beutelchen herausholte. Er schüttete die Pulver in Steinschalen, goss Wasser dazu und fing an zu rühren.

Ein junger, kräftiger Mann kam heran, mit Federn und Fellen geschmückt. Aus den Jubelrufen hörte Tiwi heraus: Er war ein Jäger, der gerade einen Büffel erlegt hatte. Das hieß eine Woche Nahrung für den ganzen Stamm.

Der Jäger verbeugte sich vor dem alten Mann und gab ihm ein paar lange Büffelhaare. Aber was tat der Alte damit? Er band sie an einen kleinen Stock. Was sollte das denn sein? Eine Fackel machte man anders. Es konnte keine Fackel sein, denn die bekam er jetzt gereicht. Der Alte verbeugte sich vor dem Jäger und der ganze Stamm mit ihm.

Dann verließen alle singend das Lager: der alte Mann mit Fackel und Stock, der Jäger umkreist von jungen Mädchen, dann die anderen mit den Steinschalen. Tiwi folgte dem Festzug die Berge hinauf.

Das war gar nicht leicht, schließlich war sie Klettern nicht gewohnt. Plötzlich waren alle verschwunden. Wie vom Erdboden verschluckt. Wo konnten sie sein?

Da – eine Höhle! Aus der kamen die Leute jetzt lachend und schwatzend heraus und gingen wieder ins Tal. Nur der alte Mann war in der Höhle geblieben.

Tiwi überlegte. Sollte sie in das dunkle Loch steigen? Vielleicht gab es wilde Tiere da. Vielleicht würde sie sich verirren oder in die Tiefe stürzen. Egal – sie musste wissen, was der Alte in der Höhle machte. Also los!

Es war stockfinster. Ganz vorsichtig tastete Tiwi sich vorwärts, bis ein schwacher Lichtschein zu sehen war. Sie ging weiter, bog um die Ecke und schrie auf.

Wilde Tiere! Haufenweise! Überall! Bären, Büffel, Pferde, Hirsche ... Starr vor Angst stand sie da. Der alte Mann hatte ihr den Rücken zugewandt und stand direkt vor dem Felsen. Und am Felsen war – ein halber Büffel!

„Du kommst vom Stamm unten am Fluss, nicht wahr?“

Der Mann sprach, ohne sich umzudrehen, er war ganz vertieft in seine Arbeit. Was machte er da?

„Komm ruhig näher, hab keine Angst."

Jetzt erst merkte Tiwi: Das waren keine echten Tiere. Sie waren aus Stein, sie steckten im Felsen. Aber sie sahen aus wie lebendig, rot und braun und gelb und schwarz-weiß gescheckt. Und im Flackern der Fackel bewegten sie sich sogar.

Das war ein Wunder, das war Zauberei! Langsam ging sie auf den Zauberer zu. Und da sah sie, was er machte. Er zauberte den erlegten Büffel an die Wand.

Immer wieder tauchte er den Stock mit

den Haaren in die Steinschalen, und langsam entstand auf dem Felsen der Büffelkopf mit den riesigen Hörnern, dann der große Körper mit dem dicken Fell, dann die vier kräftigen Beine.

So zaubern zu können, das musste toll sein. Der alte Mann drehte sich zu Tiwi um und lächelte.

„Komm mit!“, sagte er.

Sie folgte ihm in eine andere Höhle, in der es keine Tiere gab. Der Mann zeigte auf die leere Felswand.

„Leg deine Hand hierhin!“, sagte der Mann.

Tiwi tat es, und der Zauberer blies ein wenig Kohlenstaub auf ihre Hand, sodass sie ganz schwarz wurde.

„Jetzt nimm sie weg!“, forderte er sie auf.

Staunend sah Tiwi auf dem Felsen ihre Hand, von einer schwarzen Rußwolke umgeben. Der Alte hatte ihre Hand auf die Wand gezaubert. Oder war sie es selbst gewesen?

Sie blickte ihn an, er nickte lächelnd. Und da wusste Tiwi, sie würde noch oft in die Höhle zum Zauberer gehen.

Das letzte Mammut

„Aber ich will mit! Mammuts jagen!“, rief Uluru und stampfte mit dem Fuß auf. Schon so oft hatte sein Vater ihm versprochen: Wenn er groß war, durfte er mit zur Jagd. Doch jetzt wollten die Männer wieder allein losziehen.

„Nein, Uluru, du bist noch viel zu klein!“, sagte seine Mutter.

Uluru hielt sich die Ohren zu. Er wollte es nicht hören. Doch seine Mutter nahm seine Hände und hielt sie fest.

„Die Jagd ist nur für große, starke Männer. Und Mammuts, die gibt es schon lange nicht mehr“, sagte die Mutter. „Du weißt, was Großvater erzählt: Vor vielen

Jahren, als das Große Eis fortging, gingen die Mammuts mit ihm. Und sie kamen nie zurück."

„Aber draußen ist doch überall Eis!", rief Uluru.

„Nur jetzt, im Winter, mein Junge. Das Große Eis war das ganze Jahr über hier; viele, viele Jahre. Aber das ist sehr lange her. Das hat nicht einmal dein Großvater erlebt."

Wütend rannte Uluru aus dem Zelt. Immer wussten die Großen alles besser! Wenn die Mammuts mit dem Eis fortgegangen waren, kamen sie auch mit dem Eis zurück. Das war doch klar.

Er hörte Männerstimmen. Sein Vater und die anderen Jäger brachen auf. Uluru überlegte kurz und schlich ihnen nach.

Hier im Wald war es einfach, sich zu verstecken. Er schlüpfte hinter einen Baum oder einen Busch. Doch draußen auf der Steppe gab es nur wenige Büsche. Die Männer würden Uluru bestimmt

sehen. Was sollte er tun? Na klar! Er riss ein paar Zweige ab und hielt sie vor sich. So konnten sie ihn nicht entdecken.

Eine ganze Weile war Uluru den Männern schon gefolgt. Aber es war noch immer nichts passiert. Die Jagdgeschichten, die er kannte, waren voller Abenteuer, voller Gefahren und Kämpfe. Das hier konnte doch nicht alles sein, oder?

Es war nicht alles! Denn plötzlich begann sein Blätterversteck zu rascheln. Die Zweige vor seinem Gesicht bewegten sich, als wenn jemand daran zog. Er blickte hoch – und konnte kaum glauben, was er da sah: Direkt hinter ihm stand ein echtes, lebendiges Mammut und fraß die trockenen Blätter auf.

Uluru hielt den Atem an. Das Tier war höher als ein Baum und groß wie ein Berg. Es hatte langes, zotteliges Fell, einen riesigen Rüssel und zwei gewaltige Stoßzähne. Und es sah ganz schön gefährlich aus! Uluru war ziemlich mulmig zumute. Würde das Mammut auf ihm herumtrampeln und ihn auffressen?

Doch halt! So ein Blödsinn: Mammuts fraßen gar keine Menschen. Und auch dieses hier wollte nur ein paar Blätter. Also kein Grund zur Sorge! Andererseits: Menschen aßen Mammuts. Und dieses hier war eine tolle Jagdbeute …

Aber was, wenn seine Mutter Recht hatte? Vielleicht gab es sonst wirklich keine Mammuts mehr, und dieses hier war das allerletzte. Lange saß Uluru da und dachte nach, während das Mammut mit großem Appetit die Blätter mampfte. Er sah hinauf in die großen schwarzen Augen. Eigentlich sah es gar nicht so böse aus. Eher traurig und einsam.

Schließlich stand für Uluru fest: Dieses Mammut sollten die Jäger nicht bekommen! Er wollte es retten. Aber wie? Oje, da hörte er schon ihre Rufe – sie kamen immer näher.

„Komm mit!“, flüsterte er.

Schnell rupfte er ein paar neue Zweige von einem Busch und wedelte dem Mammut damit vor dem Rüssel herum. Langsam hob es den Kopf. Uluru lief ein paar Schritte, und das Mammut kam hinterher, immer den leckeren Zweigen nach. Uluru lief schneller und schneller.

Er schaffte es gerade noch, mit dem Mammut den Wald zu erreichen, als sein Vater und die anderen Jäger hinter einem Felsen hervorkamen.

„Schneller!“, rief er leise und lockte das Mammut weiter.

Jetzt rannte Uluru so schnell er konnte, und das Mammut trabte stampfend hinterher. Endlich hatten sie den Eingang zu einem Tal erreicht.

„So, von hier musst du allein weiter! Immer geradeaus, dann bist du in Sicherheit."

Das Mammut stupste ihn mit dem Rüssel an die Schulter, nahm die Zweige ins Maul und trabte los. Nach ein paar Metern blieb es stehen und blickte sich um.

„Lauf!", rief Uluru und winkte dem Mammut zu.

Erst als es zwischen den Bäumen verschwunden war, machte Uluru sich auf den Rückweg. Jetzt hatte er sein Abenteuer. Aber das würde er niemandem erzählen. Es war ein Geheimnis zwischen ihm und seinem Freund, dem letzten Mammut.

Sophie backt Brot

„Puh!“, stöhnt Sophie. Ihr Rucksack ist heute doppelt so schwer wie sonst. Warum hat Frau Hansen bloß gesagt, jeder soll zwei flache Steine mit in den Unterricht bringen? Was will sie damit? Wieder zieht Sophie an den Riemen ihres Rucksacks, und die beiden Steine stoßen klackernd aneinander.

Im Klassenzimmer sitzen alle ratlos vor ihren Steinen. Nur Daniel nicht, der hat seine vergessen. Typisch! Micha schlägt vor, eine große Pyramide aus den Steinen zu bauen. Doch gleich jammert Desiree auch schon los, dass sie dann bestimmt ihre Steine nicht mehr aus den anderen herausfindet. Sophie schüttelt den Kopf. Desiree ist so blöd!

Endlich kommt Frau Hansen. Sie hat einen großen Sack, ein Schraubglas und einen Eimer dabei. Was da wohl drin ist?

„Guten Morgen, Kinder. Heute wollen wir backen", begrüßt sie die Klasse.

Backen? Ohne Eier? Ohne Milch? Und vor allem: ohne Mehl?

„Das Mehl werden wir selbst machen. Wie die Menschen in der Steinzeit", sagt Frau Hansen. „Habt ihr alle zwei Steine dabei?"

Alle nicken, nur Daniel nicht. Frau Hansen geht umher und holt für jeden eine Handvoll Weizenkörner aus dem Sack.

„Die legt ihr jetzt auf den einen Stein. Und mit dem anderen drückt und reibt ihr sie klein und fein. Also los!“

Sophie fängt an zu reiben. Das ist gar nicht so einfach. Der Stein ist ziemlich schwer, und die Körner rieseln immer wieder auf den Tisch. Außerdem knirscht es schrecklich.

Doch nach ein paar Minuten hat Sophie es geschafft. Sie schwitzt, und ihr T-Shirt ist voller Staub. Die Weizenkörner sind auch nicht so fein gemahlen wie das Mehl in Mamas Küche. Aber Frau Hansen findet es gut so.

„So sah das Mehl in der Steinzeit aus. Es war grob und dunkel. Kein weißes Pulver wie heute."

Sie drückt eine Mulde in Sophies Mehlhaufen und gießt aus dem Eimer Wasser hinein. Dann holt sie das Schraubglas hervor und kleckst einen Löffel Honig ins Wasser.

„So, Sophie, und jetzt schön rühren und kneten, bis du deinen Brotteig fertig hast, damit wir ihn backen können."

Sophie findet das total eklig. Sie knetet und rührt in der glibberigen Pampe herum. Ihre Finger kleben zusammen, und der Teig matscht und quatscht – das soll Brot werden?

Schließlich sind alle fertig mit Kneten. Frau Hansen zeigt, wie sie aus der Mehlpampe kleine Fladen formen können. Und dann geht es nach draußen. Der Hausmeister hat ein Feuer angezündet, und in der Glut liegen einige große Steine.

„So, jetzt legt ihr eure Brote auf die Steine. Aber ganz vorsichtig, sie sind sehr heiß!“, sagt Frau Hansen.

Es zischt, als Sophies Fladen auf dem Stein landet. Sie schaut zu, wie er dampft und langsam immer fester wird. Als Frau Hansen die Fladen mit einem Ast wendet, sind sie von unten schon schön braun. Fast wie ein Brötchen.

Endlich sind sie fertig, und Sophie darf ihren Fladen probieren. Das wird auch

Zeit, schließlich ist das ihr erstes selbst gebackenes Brot! Hungrig beißt sie hinein.

Aber was ist das? Es schmeckt wie eingeschlafene Füße, nur ein bisschen süßer, aber sonst ganz furchtbar. Außerdem knirscht es schrecklich zwischen den Zähnen, wie Sand.

„Das haben Steinzeitmenschen jeden Tag gegessen", sagt Frau Hansen, „es war das einzige Brot, das es damals gab."

Sophie legt das schreckliche Brot beiseite und schluckt den letzten Bissen hinunter. Zum Glück bringt Mama heute Nachmittag Käsekuchen und Berliner mit. Sophie läuft schon das Wasser im Mund zusammen. Sie ist ja so froh, dass sie nicht in der Steinzeit lebt!

Alles aus einem Stein

„So ein Mist!“, fluchte Nanga. Es klappte einfach nicht. Jedes Mal, wenn sie auf den Feuerstein schlug, flogen nur ein paar kleine Splitterchen ab.

Sie sah sich um. Ihr Vater und ihr Bruder Rono hatten den großen Felsbrocken schon zerkleinert und ein paar Werkzeuge daraus gemacht. Klar, ihr Bruder konnte ja immer alles besser! Warum ging das denn bei denen und bei Nanga nicht? Bestimmt hatte sie den härtesten Stein bekommen.

Wieder nahm sie den Faustkeil in die Hand und schlug zu. Es machte *pling*, und zwei Funken flogen auf – sonst nichts.

Nanga war sauer. Sie hätte doch lieber mit ihrer Mutter Beeren sammeln sollen. Vielleicht hätte sie sogar ein paar Blumen pflücken können. Feuersteine klopfen in einer dunklen Höhle war wirklich zu doof!

Sie starrte ihren Felsbrocken an.

Plötzlich hatte sie eine prima Idee. Wenn sie ihn so nicht kaputt bekam, musste sie es anders versuchen. Also hob sie den schweren Stein hoch über den Kopf und schmetterte ihn auf den Boden.

Mit lautem Krachen und Poltern zersplitterte er in tausend Stücke. Größere und kleinere und ganz winzige Steinchen schossen durch die ganze Höhle. Sie prallten von der Decke ab und rollten über den Boden.

Ihr Vater blickte erschrocken auf. Rono aber fing sofort an, laut zu lachen.

„Oh, bist du blöd! Warum gehst du nicht lieber Blumen pflücken, wenn du nicht mal Steine klopfen kannst!"

Nanga standen Tränen in den Augen. Das war zu viel. Eigentlich wollte sie weinen, doch sie war so wütend, dass sie ganz laut zurückschrie: „Wie denn? Das ist so schwer! Und keiner hat mir gezeigt wie das geht!"

Zornig funkelte sie Rono an. Der grinste aber nur und als er etwas ganz Gemeines erwidern wollte, hob ihr Vater die Hand.

„Ruhe! Rono, du machst deine Arbeit weiter. Und du, Nanga – du hast Recht! Ich habe es dir wirklich nicht gezeigt", sagte er. Und plötzlich lächelte er.

Jetzt grinste auch Nanga. Natürlich hatte sie Recht!

„Komm her, mein Mädchen. Wir lesen deine Steinreste auf und schauen, was man daraus noch machen kann."

Ihr Vater nahm sie bei der Hand, und sie sammelten die Steintrümmer in der Höhle zusammen. Dann sagte er:

„Schau mal, hieraus hauen wir einen schönen Faustkeil. Auf der einen Seite wird er rund, damit man ihn in der Hand halten kann. Und die andere Seite wird spitz und scharf, zum Schneiden und Hacken.“

Der Vater nahm einen fertigen Faustkeil und schlug vorsichtig auf den Feuersteinbrocken ein. Immer mehr Splitter fielen zu Boden, und langsam nahm der Stein seine Form an.

„Hast du gut zugesehen?“, fragte er sie.

Nanga nickte, und als der Vater ihr den Stein gab, schlug sie zu. Erst vorsichtig und langsam, dann ein bisschen kräftiger und mutiger. Ihr Vater brummte zufrieden und sammelte die restlichen Steinbrocken auf.

Wenig später betrachtete er Nangas fertigen Faustkeil.

„Prima. Er liegt gut in der Hand und hat sehr scharfe Kanten. Rono hat zwei Wochen gebraucht, bis seine Faustkeile so gut waren. Eine tolle Arbeit, Nanga!“, lobte sie der Vater.

Er strahlte sie an, und Nanga freute sich. Am liebsten hätte sie Rono die Zunge herausgestreckt, doch der saß schon jetzt ganz kleinlaut in seiner Ecke.

„Und schau: Hieraus machen wir eine Messerklinge, aus diesen Splittern Pfeilspitzen. Das hier wird ein Schaber, das noch ein Faustkeil. Und die kleinen Krümel benutzen wir nachher zum Schleifen der Klingen.“

Nanga staunte. „Das alles machen wir aus meinem Stein?“

„Alles aus deinem Stein, mein Mädchen“, sagte der Vater. „Nun aber los, wir haben noch eine Menge Arbeit vor uns.“

Nanga nickte und nahm eifrig das nächste Steinstück in die Hand. Jetzt klappte es richtig gut, fast wie von selbst.

Abends erzählte Nanga ihrer Mutter von ihren Erlebnissen. Aber dass Rono so gemein war, behielt sie für sich. Schließlich war sie ja keine Petze. Nanga zeigte der Mutter stolz die neuen Werkzeuge, die sie gemacht hatte. Alle aus einem Stein. Nanga war verschwitzt und schrecklich müde, aber sehr glücklich. Steine klopfen machte ja so viel Spaß!

Neue Freunde

Jetzt irrte Koori schon drei Stunden umher. Sein Stamm hatte die Zelte abgebaut und war aufgebrochen. Denn es gab nicht mehr genug Wild am Winterlager. Also zogen sie nach Norden, dem Wild hinterher, um zu überleben. Und Koori war mitgezogen, wie jedes Jahr.

Aber als er vorhin einem Hasen hinterherjagen wollte, hatte er sich verlaufen. Und seitdem hatte er nichts mehr von seinem Stamm gehört und gesehen. „Bestimmt suchen sie mich schon“, hoffte Koori. Denn langsam bekam er schrecklichen Hunger.

Da stieg ihm ein Duft in die Nase.

Gebratenes Fleisch! Lecker! Der Geruch kam über den Hügel dort. Schnell lief er hinauf und blickte in das Tal dahinter.

Was war das? Ein Dorf. Aber ganz anders, als Koori es kannte. Da standen feste Hütten aus Holz und Lehm und Fell. Ein Zaun umringte das Dorf, und die Menschen trugen Kleider, keine Felllumpen. Hinter dem Dorf gruben Männer die Erde auf, andere ritzten mit einem Holz Furchen hinein. Und wieder andere streuten etwas darauf. Daneben grasten auf einer umzäunten Wiese große Auerochsen.

Diese Menschen sahen nicht so aus, als wollten sie wegziehen. Nein, sie wollten für immer hier wohnen. Aber das ging doch nicht – das Wild war fort. Koori ging mit großen Augen neugierig auf das Dorf zu.

Ein plötzliches Knurren schreckte ihn auf. Es kam vom Hügel hinter ihm. Langsam drehte Koori sich um. Oh nein! Ein Wolf! Ein riesiger Wolf schlich auf ihn zu, fletschte die Zähne und knurrte böse.

Koori brach der Schweiß aus. Was sollte er tun? Nichts wie weg hier!

Er rannte los, wie ein Wirbelwind den Hügel hinab. Er wusste, der Wolf war schnell. Aber wenn er es bis zum Dorf schaffte, konnten die anderen ihm sicherlich helfen.

Koori keuchte und stöhnte. Noch immer hörte er den Wolf dicht hinter sich bellen und hecheln. Die Leute aus dem Dorf schauten auf und sahen Koori. Mit letzter Kraft rannte er in das Dorf hinein und fiel erschöpft zu Boden.

Als er wieder zu sich kam, standen die Dorfbewohner um ihn herum und tuschelten. Und mitten unter ihnen, direkt vor Koori, saß der Wolf. Er hielt den Kopf schief, jaulte leise und wedelte mit dem Schwanz. Koori wollte schon erschrocken aufspringen, da kam ein Mädchen auf ihn zu.

„Wie heißt du?“, fragte es.

„Koori“, antwortete er.

„Hallo. Ich bin Gunya“, sagte das Mädchen. „Und das ist Biri, mein Hund.“

Der Wolf trottete zu ihr und setzte sich neben sie. Ein Hund? Was sollte das sein? Koori runzelte die Stirn.

„Das ist doch ein Wolf“, sagte er.

„Nein, seine Großeltern waren Wölfe. Die haben uns und unser Vieh gejagt“, erklärte Gunya. „Aber Biri lebt bei uns. Er beschützt uns und warnt uns vor Gefahren.“

Langsam lief Biri auf Koori zu. Koori erschrak und kroch ängstlich zurück, bis er an ein Haus stieß. Der Wolf kam immer näher, riss sein Maul weit auf und – leckte Koori übers Gesicht. Die Dorfbewohner lachten, und auch Koori musste lächeln. Zögernd streckte er die Hand aus und streichelte das weiche Fell.

Plötzlich aber blickte Biri auf und bellte. Von weitem hörte man Rufe. Koori lief an den Zaun und sah die Männer seines Stammes auf dem Hügel. Sie hatten ihn gefunden!

Aber Koori wusste nicht so recht, ob er sich darüber freute. Vor einer Stunde hatte er so sehr gewünscht, dass sie ihn finden, und jetzt? Jetzt war er gar nicht sicher, ob er überhaupt mit ihnen gehen wollte.

„Da bist du ja, Koori“, rief der Anführer seines Stammes.

Koori schluckte. Er schaute Gunya an, dann Biri. Da trottete der Hund zu ihm und legte mit einem leisen Winseln seinen Kopf auf Kooris Knie.

„So schnell schließt Biri sonst nie Freundschaft“, sagte der Dorfälteste zu Koori. „Das ist ein gutes Zeichen. Wenn du willst, darfst du bei uns bleiben.“

Koori hüpfte vor Freude, und schließlich war auch der Anführer seines Stammes einverstanden. So zog Koori im Dorf ein und lebte bei seinen Freunden Gunya und Biri. Und manchmal kam ihn sein Stamm dort besuchen.

Wie macht man Feuer?

Schon ganz früh am Morgen wacht Lena auf. Endlich ist Sonntag! Aufgeregt springt sie zu ihrem Bruder Jonas aufs Bett.

„Aufstehen, Schlafmütze!“, ruft sie. „Zieh dich an, es geht bald los!“

„Was geht los?“, gähnt Jonas verschlafen.

„Heute fahren wir ins Steinzeit-Camp. Weißt du nicht mehr?“

Auf einmal ist auch Jonas hellwach.

„Au ja, stimmt! Mann, ob wir da Dinosaurier sehen?“

Lena seufzt. Kleine Brüder sind aber auch zu dumm.

„Dinosaurier waren doch längst ausgestorben, als die Steinzeitmenschen lebten. Das weiß doch jedes Kind!"

Und schnell wie der Blitz verschwindet sie im Badezimmer.

Auf der Autofahrt singen Lena und Jonas: „Wir fahren ins Steinzeit-Camp!" – immer wieder und immer lauter, dass ihrem Vater schon die Ohren dröhnen. Er ist fast so froh wie die Kinder, als sie endlich den Park erreichen.

Sofort stürmen sie los, mitten in ein kleines Dorf aus Fellhütten. In einer Hütte sitzt eine junge Frau am Feuer und rührt in einem Tontopf. Lena geht zu ihr und schaut in den Topf. Hmmmm, das riecht köstlich!

„Hallo, was ist denn das?“, fragt Lena neugierig.

„Oh, bist du aber doof!“, ruft Jonas. „Die kommt doch aus der Steinzeit und kann unsere Sprache gar nicht!“

Die Frau lacht. „Doch, die kann ich. Ich bin ja nicht wirklich aus der Steinzeit. Wenn das Camp schließt, fahre ich nach Hause in meine Wohnung. Genau wie ihr."

Lena schaut Jonas an: „Na, wer ist hier jetzt doof?"

„Streitet euch nicht", sagt die junge Frau. „Wisst ihr überhaupt, wie man in der Steinzeit Feuer gemacht hat?"

„Hm, vielleicht mit Streichhölzern?", rät Lena.

„Oder mit einem Feuerzeug?“, fragt Jonas.

Da kommt ihr Vater in die Hütte.

„Beides falsch!“, sagt er. „Die Steinzeitmenschen hatten zum Feuer machen nur Feuersteine oder Holzstöcke.“

Die junge Frau nickt. „Genau. Euer Vater weiß Bescheid.“

„Jaja“, denkt Lena genervt, „Papa weiß ja immer alles. Erwachsene tun immer so klug.“

„Wollt ihr denn mal versuchen, selber Feuer zu machen?“, fragt die Frau.

Lenas Vater setzt sich und lächelt sie an.

„Klar, ich werde es mal mit den Feuersteinen probieren."

„Soll ich Ihnen helfen?", bietet die Frau an.

Doch Lenas Vater winkt ab. Das kann er schon allein – meint er. Klar, Erwachsene glauben immer, sie können alles.

Aber so richtig will es nicht klappen. Grinsend schaut Lena zu, wie ihr Vater wieder und wieder die Steine aufeinander schlägt und doch nichts passiert.

Da nimmt sie lieber die Hölzer. Die Frau zeigt ihr, wie sie den dünnen, runden Stock ganz schnell zwischen beiden Händen drehen muss. So bohrt sie auf dem flachen Holzstück ein Loch, das an den Rändern ganz heiß wird. Es fängt richtig an zu qualmen. Jetzt wirft Jonas nur noch ein wenig trockenes Gras darauf, und schon knistert ein kleines Feuer.

Fröhlich blickt Lena zu ihrem Vater. Dem ist inzwischen auch ganz heiß, er schwitzt schon richtig. Aber Feuer hat er noch keins gemacht. Lena schaut Jonas an, und beide lachen.

Auch die junge Frau lächelt.

„Ja", sagt sie, „Feuer machen ist gar nicht so einfach. Aber wenn Sie mal kein Feuerzeug dabei haben, dann fragen Sie einfach Ihre Tochter, die kann das."

Da muss auch Lenas Vater verlegen grinsen. Und Lena strahlt übers ganze Gesicht. Es ist ja so gut, dass Erwachsene auch mal etwas nicht können.

Frank Friedrichs, geboren 1969 in Hamburg, lebt in einem winzig kleinen Dorf in Mecklenburg. Er hat Germanistik, Musikwissenschaft und Kunstgeschichte studiert und war schon Arzthelfer, Krankenpfleger und Journalist. Heute schreibt er Drehbücher, Kindergeschichten und Gedichte. Außerdem singt und spielt er gerne oder streift mit seinen Hunden durch die Natur.

Heribert Schulmeyer, geboren 1954, zeichnet seit seinem 12. Lebensjahr, nachdem ihm seine Zwillingsschwester verboten hatte, weiter mit Ritterburgen zu spielen. Nach Schule und Studium wurde er Comiczeichner und freier Künstler. Heute arbeitet er für verschiedene Verlage und für den WDR bei der „Sendung mit der Maus“. Heribert Schulmeyer lebt und arbeitet in Köln.

Leselöwen

Die 4. Stufe der Loewe Leseleiter

Bereits seit mehreren Jahrzehnten führen die Leselöwen Millionen von jungen Lesern mit Spaß zum Lesen. Die vielen abgeschlossenen Geschichten sind durch eine klare Gestaltung einfach zu lesen, sodass die Lesemotivation erhalten bleibt und die Lust aufs Weiterlesen gestärkt wird. So werden aus Leseanfängern stufenweise kompetente Leser.